KB075155

보통의 하루

By. 강병무

꿈의 직장에 들어가 열정적으로 사회생활을 했다. 3년 후 내 삶이 아니라는 생각에 사직서를 내고 아프리카 자전거 일주를 떠났다.

그때부터 3번의 퇴사와 4번의 긴 여행을 떠났고, 지금은 완전한 여행자의 삶을 산다. 길 위의 사람으로 지내면서 만났던 순간, 느꼈던 감정을 기록했다.

글은 짧고 단순하지만 내가 처음 퇴사한 순간부터 10년 동안 길 위에서 겪고 생각한, 소중한 삶의 한 페이지이다.

기뻤던 날, 슬펐던 날, 특별했던 하루가 어깨 너머로 흘러가고, 살면서 보낸 시간 중 가장 많은 날, 가장 많을 날, '오늘'도 언제나처럼 그런 날 보통의 하루이다. 치열했던 시간 위에 새겨진 지금, 지나고 보면 고난의 시간은 모두 지금의 나를 있게 한 삶의 일부이다.

어쩌면 지금도 겪고 있을 힘든 하루를 공감하고 위로하는 누군가가 있다는 것을 알려주고 싶다. 제 자신에게도 어느 누군가에게도.

결국 내일이 되면 오늘 역시 보통의 하루였다는 것을.

보통의

하루

1부

화장이 짙어질수록 마음은 외로워지니 말이다.

누구나 자신의 부족하고 나약한 모습을 알고 있다.
그렇기에 나를 계속 치장하고 포장한다.

보통의 하루

살 보이기 위해
외모를 가꾸고
성격을 감추고

상처가 두려워
관계가 어려워
화장이 짙어져 간다.

그러면서
다른 사람과의 관계에선
잘 포장된 사람보다 그렇지 않은 사람에게 더 마음을 연다.

인간미.

꾸밈없는 그대로의 모습을 내보이는 사람.
사람다운 따뜻함을 풍기는 사람.

우리에게 필요한 것은 화장이 아니라,
용기인지도 모르겠다.

화장이 짙어질수록 마음은 외로워지니 말이다.

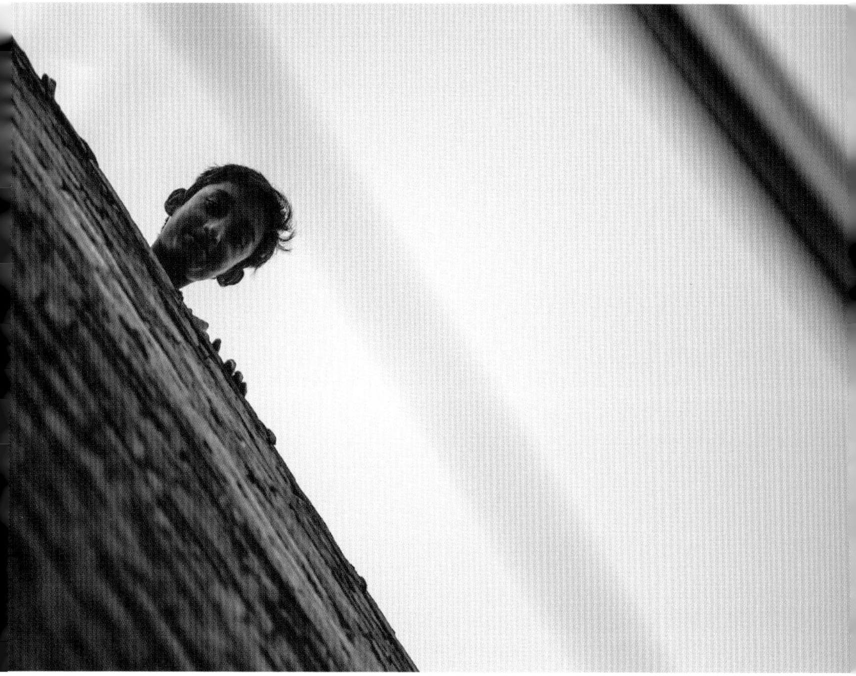

누군가 진심으로 다가와주길 바라면서
내 마음은 꽁꽁 숨긴다.

누군가 있는 그대로의 나를 사랑해주길 바라면서
내 마음은 계산을 한다.

숨바꼭질 사랑.

관계를 맺기는 쉬운데 유지하는 게 어렵다.
유지할 수 있는 사이가 아니면 굳이 가까워지고 싶지 않아.

어릴 때는 사람 사귀는 게 즐겁고 쉬웠는데,
이제는 어렵게 생각되는 이유가 이 때문인 것 같다.

보통의 하루

겉으로는 옷을 입고 꾸며서 그렇지.
엑스레이를 찍어 보면 가슴에 구멍 한두 개쯤
크게 뚫리지 않은 사람은 하나도 없을 것 같다.
그것을 먼저 보고 그 사람을 대한다면 서로가
서로에게 조금은 더 상냥할 수 있을 텐데…

타인과의 거리에 정답은 없다.
가까이 혹은 멀리
적당한 거리를 찾아가는 과정의 연속인 것.

살아있는 동안 피해서는 안 되고,
피할 수도 없는 우리의 과제.

보통의 하루

상대를 이해하겠다고 먼저 애를 써보니
상대도 나를 이해하기 시작했다.

그동안 내 생각을 주입하듯
이해를 바랐던 것 아닐까 하는 생각을 했다.

이해는 바라는 것이 아닌
노력이더라.

그 노력은
누가 먼저랄 것 없이
내가 먼저 하면 된다.

겉모습 꾸미기에 취해
화장만 덧칠하는 사람 말고,

문을 열고 들어갔을 때
반전이 있는
놀라운 사람이 되길.

보통의 하루

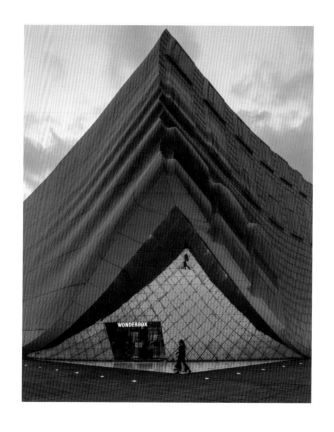

때가 되면 만남.

때가 되면 이별.

때가 되면 추억.

　다시

때가 되면 만남.

보통의 하루

사랑할 때 의심하지 말아야지.

행복할 때 약속하지 말아야지.

기쁠 때 자만하지 말아야지.

화났을 때 답변하지 말아야지.

슬플 때 결심하지 말아야지.

죽을 때 후회하지 말아야지.

그리고

살아있을 때 삶을 부정하지 말아야지.

오늘도

다짐해본다.

모든 일에 있어
결과보다 과정이 더 중요하다 말하는데,
사람 사이에선 결과가 더 중요할 때가 있다.
결과 때문에
과정의 해석이 달라지곤 하니까.

보통의 하루

때로는
당신이 아는 당신보다
누군가가 바라본 당신의 옆모습이
당신의 본모습일 수도

모든 것이 변해도
마음 하나 변하지 않으면 흔들림이 없고,

모든 것이 변하지 않아도
마음 하나 변하면 남이 된다.

우리가 남이 되는 이유는
모두 마음에서 비롯된 일.

보통의 하루

당신이 생각하고 있는
그 사람.
원래 그 정도밖에 안 되는 사람이 아니라

지금은
그럴 수밖에 없는 사람인지도 모릅니다.

준비되지 않은 이별
준비하지 못한 아픔을 겪는다.
어려서는 세상살이라는 것이 원하는 것을 찾고
원하는 것을 얻는 과정인 것 같았다.
그래서 빨리 어른이 되고 싶었다.

이미 너무 어른이 돼버린 지금의 나는

어린 시절 부푼 마음으로 기대하던 것과 달리
잃는 것을 배운다.

보통의 하루

영원히 준비하지 못할 이별의 순서를 맞이하고 있다.
삶이 가혹한 이유는 세상살이가 팍팍해서만이 아니라

소중함이라는 가치를 알게 되었을 때 이별을 주기 때문이며, 역설적으로 이별을 통해 소중함을 느끼게 하기 때문이다.

사랑하는 사람아.
사람들아.

떠나고 나면 부질없을 인생일 뿐이지만, 부족하고 미흡한 한 생명일 뿐이지만 나는 나를 사랑하고 내 삶을 사랑하고 그대들도 사랑한다.

우리 언제 어떤 모습으로 이별을 하고 다시 재회하게 될지 모르나 내 마음은 늘 그렇다는 것을 살아있는 시간 동안 열심히 남기고 싶다.

이별뿐인 세상에서 이별 없는 세상을 꿈꾼다.

겉으론 그렇지 않은 척.

속은 출렁이고 있는 우리 삶.

우리
누군가에게
저런 것 같다 말하기에 앞서
우선 나를 돌아보자.

어른이면 얼마나 어른이고,
살았다면 얼마나 더 살았다고
삶을 재단하나, 그것도 다른 사람의 삶을.

잘 보이려는 마음은 가면을 만들고
가면을 쓴 사람만큼 상대하기 어려운 사람은 없다.

사랑한다면 솔직하게
함께하고 싶다면 있는 그대로

그게 더 나은 길이다.

보통의 하루

편견은 당신과 나
우리가 다르다는 생각에서 시작된다.

네가 곁에 있었을 때보다
너를 모르고 살아온 날이 비교할 수 없을 만큼
많았음에도
네가 없는 오늘 하루엔 나의 하루가 없다.
하루라는 시간이 존재하지 않는다.

앞으로 더
얼마나 시간을 보내야 돌아오게 될까?
정상적인 하루가
얼마나 시간을 잃어야 사라지게 되는 걸까?
무의미한 하루가.

보통의 하루

너를 알기 전의 내 삶이
너를 잃고 난 후의 내 삶보다
덜 초라했던 것 같아.

지금의 나는 그래.

보통의 하루

보통의 하루

때로는

내 의지와 다르게

타인에 이끌려 내린 결정이

뜻밖의 멋진 일을 만들어내기도 한다.

내가 놓지 않아야 할 '신념'이라는 것을

범하지 않는 선에서라면,

그저 흘러가는 대로 두는 것도 나쁘지 않은 것 같다.

버리고 싶지만
잘 버려지지 않는
선입견.

피하고 싶지만
잘 피해지지 않는
편견.

내가 겪고 있는 소통의 문제.
나로부터 시작되는 것은 아닌지.

보통의 하루

누군가가 나를 좋아하게 만드는

최고의 방법은

내가 먼저 그를 좋아하는 것이다.

보통의 하루

진짜 속 깊은 내 마음을 꺼내지 않으면
많은 대화를 나누었어도
겉만 돌아다닌 꼴이 된다.

내 속마음을 꺼내 보일 수 있어야
서로의 진짜 마음을 알 수 있다.

진심은 진심으로 통하기 때문이다.

아름다움이란 영원하지 않다.
아름답게 볼 줄 아는 내 마음이 영원할 수 있는 것.

보통의 하루

거짓말이 넘치면 사기가 되고
좋은 말만 넘쳐도 사기가 된다.

사람을 볼 때는 그 사람만 봐야 한다.

그가 걸치고 있는 많은 것을 멀리했을 때.

그 사람을 제대로 볼 수 있다.

보통의 하루

우리가 새로운 만남을 시작할 때
상대방을 함부로 평가해선 안 되는 이유는

그 사람의 삶 전체…

사건

추억

사랑

아픔

슬픔

기쁨

상처

이 모든 것이 함께 오기 때문이다.

살다 보니 그렇더라.

소중했던 사람이
한순간
아무런 사이가 아니게 되고,

날 소중히 여기던 사람이
한순간
아무런 사이도 아니게 되고,

그게 가족이 아닌 누구에게서든
그럴 수가 있더라.

그러니 가족에게만 잘하자는
생각이 들기보다는
모든 관계 속에 있을 때
후회 없도록 잘하고 싶더라.

오늘 너를 만나고 내일 볼 수 없을지도 모른다는
생각으로 말이야.

보통의 하루

보통의 하루

믿었던 사람
혹은 나를 믿는 사람과
갑작스레 균열이 생길 때가 있다.

가까웠던 만큼 상처가 깊어
다시는 떠올리기 싫은 아픈 사람이 되기도 한다.

그런데도
그때가 좋았는지
미련이 남은 것인지

자꾸 뒤를 보게 돼.

떠난 사람이나
남겨진 사람 모두
잃는다는 것은 어려운 일.

기다리기만 하는 사람이 있다.
기다리기만 해 놓고 왜 다가오지 않느냐는 사람이 있다.

마치 상대방에게
모든 주도권이 있었다는 것마냥.

보통의 하루

내가 원했든 원하지 않았든
나는 누군가에게 상처를 받고,
내가 의도했든 의도하지 않았든
나는 누군가에게 상처가 된다.

그 모든 것에 연연할 필요는 없을 것 같다.

우리는 때가 맞지 않았던 것을.
그저 인연이 아니었다고 생각하면 그만인 것을.

사는 동안
이 세상에 혼자만 남겨진 것이 아니라면
상대를 이해하려 노력해야 한다.

때론 무섭고 상처가 되며,
포기하는 순간까지 오더라도

다시
다시 노력해야 한다.

보통의 하루

비교는 둘 중 하나다.

비 : 비극적이거나

교 : 교만해지거나

2부

결국 나의 행복이 가장 중요하다는 것을.

보통의 하루

우린 곧잘 잊곤 해요.
나 자신이 어떤 색을 가진 사람이었는지를.

나 한 사람의 행복이
주위에 얼마나 큰 영향을 미치는지를.

자꾸만 잊게 됩니다.

결국 내 행복이
주위에도
나 자신에게도
가장 중요하다는 것을.

모든 사람에게 사랑받을 수는 없다.
그래서 모든 사람에게 미움 받을 일도 없다.

그러므로
미움 받는 일에 위축될 것 없다.

보통의 하루

사람들의 이기적인 감정배설물로
나의 자아에 균열이 생긴다.

그것이 혼자 있고 싶은 이유일 거라 생각했다.

부딪힐 일을 만들지 않는 것만이
내가 상처받지 않을 수 있는 최선이라 생각하기 때문에.

보통의 하루

어떤 사람들은 상처를 줘 놓고 기억도 못 한다.
나아가 자기가 한 행동보다 지금 자신이 아픈 것에만
빠져 산다.

친구에게 말하듯
나에게도 해주었으면 하는 말.

'물론'
'그렇고 말고'
'너는 할 수 있어.'

'괜찮아'
'충분해'
'정말 수고했어.'

보통의 하루

힘든 건 잠깐이면 돼.
곧 지나갈 거야.

잃게 될까 불안했던
행복도 잠깐이면 돼.

또 돌아올 테니.

보통의 하루

그들은

자신이
원하는 것이 있을 때
바라는 것이 있을 때
나를 찾지만,

내가 원할 때가 되면
다른 얼굴이 되어
등을 보여요.

자연스러운 일이다.
상처로부터 나를 보호하려는 것은

자연스러운 일이다.
아팠던 일을 다시 겪지 않으려는 것은

그러니
자연스러운 일이다.
아픔이 많을수록 나를 지키기 위해 벽이 높아지는 것은.

보통의 하루

대나무가 꺾이지 않고 높이 오를 수 있는 이유는
사이사이에 마디가 있기 때문이다.

건물이 높이 오를 수 있는 이유는
층마다 기둥이 있기 때문이다.

대나무처럼
고층 건물처럼
삶에도
중간중간 마디가 필요하고,
기둥이 있어야 높이 오를 수 있다.

삶에서의 마디란 휴식을 의미한다.

쉬는 것에 인색하지 말자.
쉼이 있어야
높이
멀리
원하는 곳까지 갈 수 있다.

지독한 외로움이 싫어 죽겠으면서도
소중한 사람이 생기는 것이 두려워
마음을 연다는 것이 어렵다.

소중한 사람이 생긴다는 기쁨보다
언제고 잃을 수 있는 누군가가 생기는 자체가 두려워
아픔의 가능성도 만들고 싶지 않은
나약하고 어린 그 마음.

보통의 하루

우리는 아직도 어른이 어렵기만 하다.

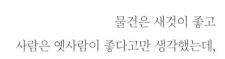

물건은 새것이 좋고
사람은 옛사람이 좋다고만 생각했는데,

때로는
새로 알게 된 사람이 좋고,
옛 물건이 좋을 때도 있더라.

이따금
낯선 사람의 낯선 시선에서
위로받고 있는 나를 느낀다.

그런 힘을 가진 사람이 있고,
그런 힘을 작용시키는 묘한 타이밍이 있다.

혹자는 여행으로 어떻게 힐링이 되느냐 말한다.
그러면 나는 사람에게 힐링 받았다고 말하겠다.

보통의 하루

처음 퇴사를 하고 세계 일주를 떠난다고 했을 때
'그거 현실 도피 아냐?'라는 말을 들었다.

나는 그 친구가
아직 '여행'이라는 단어가 지닌 의미와 가치를
잘 모른다고 생각했다.

도망치듯 떠나는 여행도
좋은 여행이다.
아니
그것 역시 여행이다.

여행은 그 어떤 상황이나 배경을
구분 짓거나 비교하지 않는다.

눈치 볼 필요 없고
눈치 줄 필요 또한 없다.

여행은 모든 것이 용인되므로 여행인 것이다.

마음에도 진통제가 필요했다.
주체할 수 없는 고통을 잠시라도 멈출 수 있다면,
좋겠다고 생각했다.

나 스스로 치유가 되기까지
견딜 수 있게 하는 진통제.

그 진통제는 마음이 통하는 사람과의 대화를 통해서만
얻을 수 있었다.

돈으로도 노력으로도 구하기 힘들었던 '마음 진통제'

보통의 하루

모든 일이 잘 풀리지 않을 때가 있다.
아무리 애를 써도 안 되는…

내 능력이 닿는 곳까지 노력해봤다면,

엉킨 것은 잘라내고
다시 시작해도 괜찮다.

어차피 끝날 인연은 끝이 나고
맺어질 인연은 맺어지므로.

돈은 밤에 켜는 플래시와 같다.

어둠을 밝혀주는 도구와 같은 것이지.

벌건 대낮에 켜고 다닐 필요는 없다.

어쩌면 우린 어두컴컴한 방에 있는 것일지도 모른다.

그러니 돈을 좇기 전에

문을 열고 밖으로 나오는 것이 우선일 것이다.

보통의 하루

상대방이 내게 하는 행동은
내 마음의 거울이라 했다.

마음으로 바라보고 있는 내가
그대로 보이고 전해져
상대로 하여금 그렇게 행동하게 만드는

그래서
나를 사랑하는 마음이 중요한 것.

나조차 사랑하지 않는
나를
누가 사랑해주겠나?

청춘에게 다음은 없다.
나이가 들수록 할 수 없는 일이 많아지는 것은
내가 늙어가는 데 있는 것이 아니라,
나이를 앞세워 용기 내지 않는 나의 태도에 있다.

보통의 하루

인생은 혼자가 맞아요.

그래도 우리
외롭지 말아요.

보통의 하루

사랑을 했더니
불안함이 같이 왔다.

사랑이 없을 땐
다시는 없을까 불안했고,
사랑이 왔을 땐
이 사랑을 잃게 될까 불안한 마음.

불안함은 사랑을 비추는 그림자와 같다.

꿈만 꾸며 살게 될지라도
그저 꿈으로만 그친대도
그저 감사한 일.
그저 행복한 일.

그러니 사랑도 불안함도 두려워 말자.
살며 사랑할 시간은 그리 넉넉하지 않으니.

인생은 보완하는 것이지.
완성하는 것이 아니다.

완벽해지려 하지 말자.

나를 위한 사람들의 행동은
나에게 영향을 줄 수 있지만,

나를 향한 사람들의 말은
나에게 영향을 줄 수 없다.

사람들이 나에게 하는 말은
내가 아닌 자신에게 하는 말과 같다.

그들은 본인 자신도 아직 해결하지 못한
자기 생각을 이야기한다.

보통의 하루

나는 여행에 반하지 않았다.

여행지에 동화되는 '나'에게 반했다.

하나의 선택으로
하나를 얻으면서
다른 하나를 잃을 수도 있고,
여럿을 잃게 될 수도 있다.

후회 없는 삶은
용기있는 결단으로 정해진다.

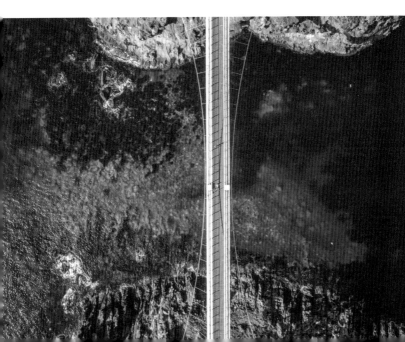

그래
대단한 노력이 아니라도
묵묵히 버티다 보면
좋은 날이 오기도 해.

버티는 것도 용기니까.

이 시대의 쓸모있는 사람이란
자아의 존엄을 바탕에 두지 않는다.

그보다는 시스템에 적합한
기계적인 인간으로서의 쓸모를 추구한다.

오늘도 많은 사람이 자신이 쓸모있는 사람이라는 것을
증명하기 위해 노력한다.

보통의 하루

내일은 있을 수도 있고,
없을 수도 있다.

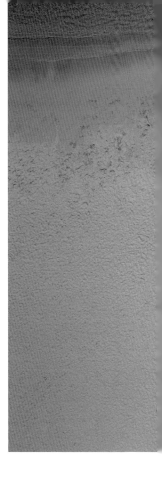

후회는 없다고 말한다.
그럼 다른 무엇은 있을 거란 말 같다.

그 말은 왠지 슬프다.
후회하고 싶지 않은 사람이 힘겹게 끌어올린 말 같은
느낌이 들어서.

보통의 하루

여행은 돈의 문제가 아니다.
여행은 용기의 문제도 아니다.

여행은 마음의 문제다.
절박한 사람은 고민하지 않는다.

3부

내가 되기로 했다. 내 삶을 살기로 했다.

다른 사람에게 내가
어떤 사람인지는
나 자신에게
내가 어떤 사람인지보다
중요하지 않다.

얼마나 많은 시간을 보냈는지
어떤 경험들이 있었는지
어느 깨달음에서 비롯되었는지
잘 모르겠지만,

나는 내가 되기로 했다.
내 삶을 살기로 했다.

쫓기지 말고
의심하지 말고
멈추지 말고

보통의 하루

보통의 하루

인생은 본래부터 비굴하고 비루한 것일 수 있다.
그런 삶 속의 자신을 외면하고 부정하는 것은
삶 그 자체를 부정하는 것과 같다.

삶은 본디 시궁창 같은 것이며,
나의 구질구질한 모습도
나 자신이라는 것을 인정할 때

우리는 조금 더 선명한 존재로서
삶을 만나게 될 것이다.

인정하고 사는 것.
있는 그대로를 사는 것.

세상으로부터
도망가지 않고,

나로부터
갇혀 있지 말고,

상처를 입더라도
고통을 받더라도
타인을 이해하려 노력하며,

사랑에 솔직하고,
행복을 위해 사는 것.

보통의 하루

좀 더 빠른 길이라고
좀 더 안전한 길이라고
좀 더 확실한 길이라고

정답이란 없다는 것을
모르던 사람들이 던져댄
찌든 때와 같던 말들.

우리가 무의식 중에 흘려 보낸 것은,

내 사람들일까

아니면 나 자신일까

보통의 하루

머리로 아는 것은 지식이 되고,
몸으로 아는 것은 지혜가 된다.

머리로는 누구나 알 수 있지만,
몸으로는 경험해 본 사람만 알 수 있다.

경험하는 삶을 향해 가야 한다.
삶은 우리가 지혜로운 사람이 되길 바라고 있다.

크고 작은 일상에서 수없이 많은 죄를 지으며 산다.
아마 죄 없는 사람은 없을 것이다.
혹자의 말대로 인간은 존재 자체로 자연과 생태계를
파괴하는 주범이듯이…

어차피 죄인의 운명을 타고난 인간의 삶이라지만,
나는 그런 자신을 자각하고 있는 것과 그렇지 않은 것은
매우 큰 차이가 있다고 생각한다.

태어난 이상 나의 존귀한 생명을 소중히 여기며,
나로 인해 발생하는 모든 일에 관심을 두고,
더 나은 삶을 살기 위해 노력하는 것.
삶은 팔자대로 사는 것에 그치면 초라하지만
내 삶을 제대로 마주하고,
그것을 뛰어넘으려는 노력은 빛이 난다.
그런 삶이라야
우리 인생이 아름답다고 말할 수 있을 것 같다.

보통의 하루

기록은 좋은 것이다.
기록은 발자취가 되고,
그 발자취는
누군가에겐 이정표가 되어 길을 안내하게 된다.

좋은 일에 힘을 쏟고,
그것을 기록하자.

그것은 자랑이 아니다.
누군가를 위한 발자취이다.

보통의 하루

단 한 번의 선행으로도 좋은 사람이 될 수 있다.

남에게 선행을 베풀었을 때
변화는 상대방이 아닌 나에게 생긴다.

그 변화는 일반적인 성취감과는 달리
나를 더 좋은 사람이 되고 싶게 만든다.

그리고 그 마음은 나를 다시 선행으로 이끌게 된다.

이것이 나눔이 가진 진짜 힘이다.

강한 사람은 요행을 바라지 않는다.

강자에게 비굴하지 않고,
약자에게 교만하지 않는다.

강한 사람은
많은 것을 가진 사람이 아니다.

희망을 잃지 않는 사람이다.

보통의 하루

소유는 영원하지 않다.
잠시 머물다 떠나버린다.

경험은 영원하다.
손에 남지 않지만
내 안에 녹아 있다.

삶을 완성하는 일에 도착지란 없다.
떠나는 순간까지 넓어지는 것이다.

지금 생각에 갇혀있지 않고,
계속해서 나를 깨우치는 것이다.

끊임없이 움직이고, 도전하며…

자유 위에
살고 있지만,

누릴 용기가 없어
눈앞에서 보내버리고 만다.

안타깝고 허탈한 청춘의 날들.

삶의 과제 중 가장 중요한 하나가
나를 알아가는 것이라 생각한다.

언제까지, 얼마만큼이 아닌
삶이 끝날 때까지
멈추지 말아야 할 과제.

보통의 하루

반복되는 일상이든
바람 잘 날 없는 일상이든
오랜 시간을 살고
경험이 쌓이면 자연스레 알게 되는 내가 있고,

익숙하지 않은 곳으로 나를 던져
낯선 장소, 낯선 사람, 낯선 시간을 통해
알게 되는 또 다른 내가 있다.

일상을 통해 깊게 알고,
여행을 통해 넓게 알아가는 것.

과제를 대하는 가장 좋은 자세가 아닐까 생각한다.

흔들리지 않는 꽃은 꽃이 아니라 했던가

흔들려야만 꽃이라면,
꽃이 아니고 싶다.

차라리
단단하고 흔들림 없는
바위라면 좋겠다.

어릴 때는 욕심이 많아
참 많은 사람에게 시간을 쏟았다.

돌이켜보면
얻었던 것만큼 잃은 것도 많았던 시간.

하나 분명히 배운 게 있다면,
사람의 마음을 쉽게 얻으려 하면 안 된다는 것이다.

사람의 마음을 쉽게 얻으려 하지 말자.
나의 땀과 노력이 스며들지 않은 사람은
나의 사람이 아니다.

과거에 하지 못했다고 해서
지금도 못 하리란 법은 없다.

과거에 좋아하지 않았다고 해서
지금도 좋아하지 않으리란 법도 없다.

과거에 잘 맞지 않았다고 해서
지금도 맞지 않으리란 법 역시 없다.

과거에만 얽매어 지금을 선택하는 것은 위험하다.
과거의 경험은 배움을 주는 것이지 선택을 정해주는
것은 아니기 때문이다.

하늘을 날기 위해
가장 먼저 해야 할 일은

지면을 뛰어
몸을 던지는 것.

나를 부정하는 것은
상대의 자유이고,

그 부정을 받아들이지 않는 것은
나의 자유이다.

나를 부정하는 것을
과감히 부정한다.

아름다워야 하는 것은
내가 아니다.

아름다워야 하는 것은
내가 가진 생각,
내가 사는 방식이다.

삶이란

익숙한 것과
새로운 것의 경계에서
끊임없는 선택을 마주하는 것.

만족하는 것과
후회의 사이에서
끊임없이 나를 돌아보는 것.

보통의 하루

보통의 하루

꿈이 없다고
좌절하거나 고통받지 않아도 된다.

꿈은 일찍부터 만들어지기도 하지만
갑자기 운명처럼 나타나기도 한다.

다양한 모습으로
다양한 방법으로
다양한 시기에

꿈은 어딘가에서 우릴 찾고 있거나
기다리고 있다.

자아 없는 자유는 위험하고,
자유 없는 자아는 무기력하다.

보통의 하루

지금 나의 태도가
미래의 내 모습을 만든다.
인생은 쉽게 바뀌지 않으나,
태도는 나의 의지로 바꿀 수 있고
태도가 바뀌면 인생도 바뀐다.

나였어도 하지 못했을 일을 상대에게
강요하고 있진 않았을까?
그저 내 마음이 더 쓰이는 것이 싫어서
내 에너지가 더 소모되는 것이 싫어서
상대가 겪고 있을 고통은 신경도 쓰지 않고,
강압적인 태도를 보이진 않았을까.
그 바보 같은 폭력을 행사해온 것은 아니었을까.

보통의 하루

부모님을 위해 살기도 하고
자식을 위해 살기도 하고
신을 모시기 위해 살기도 하고
무엇을 위하는 것 없이 살기도 하고
죽지 못해 살기도 하는데,

나만을 위해서 사는 시간도
꼭 한 번은 가져봐야 하지 않을까?

하고자 하면
될 것이고,

되고자 하면
할 것이다.

청춘

우물쭈물하다

지나쳐버리고 마는 그 이름.

가장 찬란했기에

가장 아파야 했던 그때.

보통의 하루

두려움을 극복하고,
통념이나 편견에서 벗어났을 때
비로소 '나'를 만나게 된다.

나를 새로운 곳으로 계속해서 던지는 일.
두려워 마시길
당신의 익숙함도
처음엔 익숙하지 않았었으니.

누군가는 음악을 만들기 위해 태어났고,
누군가는 음악을 듣기 위해 태어났다.

쓸모없는 사람은 없다.

감정보다는 의지의 문제다.
상황보다는 의지의 문제다.
환경보다는 의지의 문제다.

그렇게 생각하기로 했다.

보통의 하루

나 자신이 되기 위해서는
나에게서 나오는 모든 모습을…
'나'로 인정해야 한다.
그게 무엇이든.

세상이 변한 줄 알았는데,
모든 것은 그 자리에 그대로 있었다.
나만 그 자리로 돌아가면 된다.

보통의 하루

중대한 결정을 하고
이제는 돌이킬 수 없는 길에 들어섰는데,
마음이 잡히질 않는다면
기간을 정해 놓고 목표를 설정한다.

내가 정해놓은 기간까지
뒤도 옆도 돌아보지 말고 앞만 보고 집중하여 올인한다.

최선을 다 해보고 나면 결과와 상관없이
다음 선택이 훨씬 가벼워질 것.

선택은 방향이 되고,
시간은 발판이 된다.

4부

보통의 하루

오늘도 어김없이 하루가 순식간에 지나갔습니다.
20대의 시간은 매우 빨리 흘렀습니다.
그런데 누가 그러더군요.
30대의 시간은 더 빠르다나요.
30대가 되어보니 왜 그런 말을 했는지 이해가 되었습니다.

우리는 잘 살고 있는 걸까요?
나 개인을 위해서나 가족을 생각했을 때
내가 속한 공동체 혹은 단체나 내 사람들을 생각했을 때
인류와 사회 혹은 자연을 생각했을 때
시간은 언제나 우리의 마음을 무겁게만 합니다.
기쁨의 감정보다는 아쉬움과 후회스러움이 깊은 곳에서
일렁입니다.

허리가 조금 쑤셔옵니다.
눈꺼풀은 많이 내려와 있네요.
에너지가 많이 소진된 것 같습니다.
오늘도 열심히 살았나 봅니다.
열심히 살았으니 그럼 된 거죠.
그거면 충분합니다.

보통의 하루

시간이 약이다.
그 말에 속지 마라.

시간이 지난 후에야 약인 것.
아픔을 견뎌내고 나니 약인 것.
있는 그대로 아픔을 느끼고 나서야
시간은 흘러주었고,
그제야 약으로 느껴질 뿐이다.

보통의 하루

또 하루가 지나간다.
같은 시간 같은 공간
같은 시계를 또 바라본다.

앞만 보고 달려와 찾은 안정인데,
견딜 수 없을 만큼 불안한 이 마음은
대체 어디에서 오는 걸까

지금의 안정을 잃게 되는 것이 두려운 걸까
지금의 안정이 후회될지 몰라 두려운 걸까

눈치 없이 또 하루가 지나간다.

기쁨은 돌고 돌아

슬픔도 돌고 돌아

저마다

피는 시기 지는 시기

흐름에 따라 흐를 뿐이고

사람에 따라 다를 뿐인데,

그 순간을 모르고.

그 순간을 못 참고.

보통의 하루

어쩌면 인생은
슬픔과 이별의 가치를
깊이 깨우치기 위한 목적의
긴 여정이 아닐까 생각했다.

소중한 사람을 먼저 보내며 느끼는 감정.
그리고
결국엔 다시 누군가에게 그 감정을 전달하듯
소중한 사람을 두고 떠나버리게 되는.

나 자신의 삶조차
거짓을 덧칠하고 있으면서,

타인의 거짓된 삶에 대해
삿대질했다니.

우리가 다른 인생을 저울질해선
안 되는 이유.

보통의 하루

다양한 사람들 다양한 얼굴로 다양한 배경으로
다양한 자리에서 같은 꿈을 꾸고
같은 목표를 향해 같은 방향으로 걸어가는
인생 공장

다시는 보고 싶지 않던 사람을
우연히 마주치게 되었다.

예상치 못했던 그 상황에
악한 감정이 아닌 측은한 마음이 들었고,
미운 마음이 아닌 미안한 마음이 들었다.

그 사람이 안쓰러워 보여 그랬는지,
지나버린 일이란 생각에 편안해진 내 마음 때문이었는지.

시간에 고마워해야 할 일인지.
시간에 서운해해야 할 일인지.

감정이란 때론 부질없는 것인지도 모르겠다.
적어도 시간 앞에선.

보통의 하루

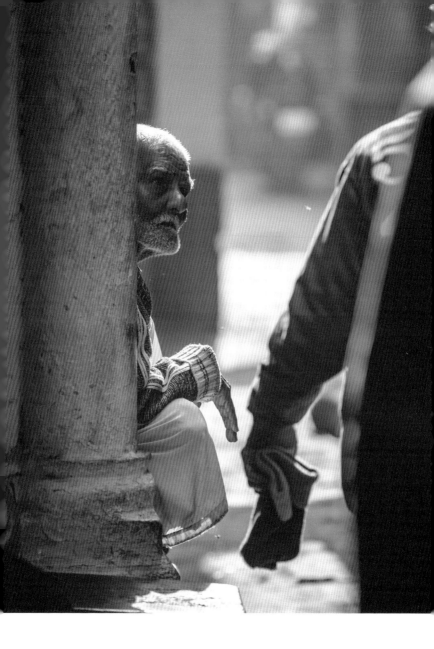

마음이 배터리처럼 방전될 때가 있다.

관계에서 대화에서
잘 받아주고, 잘 지나치던 일들에
가끔 버거움을 느낀다.

보통의 하루

소외되고 싶지 않은 사람들의
해진 청바지 같은 삶.

외로움에 몸부림치며
현실에 마음을 수선하는 삶.

원하지 않는 전쟁을 치르며,
기억을 세탁하는 삶.

오늘 하루.
당신을 스쳐 간
수십, 수백의 고달픈 삶.

나를 알아주기만을 바랐지.
남을 알려고 하지 않았지.

남이 가진 것만 보았지.
내가 가진 것을 보지 않았지.

남에게 해준 것만 알았지.
내가 받은 것은 잊고 살았지.

보통의 하루

당연히 여기던 것들을
다시 소중히 생각하라고,

오늘 하루 우리에게
힘듦이 찾아오는 이유.

보통의 하루

삶과 죽음의 경계에서 춤을 추고 있는지.

아니면 어딘가를 향해 손짓하고 있는지.

이것이 나무의 상황인지

아니면 나의 상황인지 알 수 없는 나는 그저 바라보기만.

이 길 끝에는 무엇이 날 기다리고 있을까?
무엇이 있기는 할까?

길 끝까지 가보는 일을
상상해본다.

가는 것까지만 생각했지
끝에서 무엇을 맞이하게 될지
떠오르진 않는다.

끝이 중요한 것 같진 않으니까.

그래서 오늘도 간다.
그저 덤덤하게.

보통의 하루

보통의 하루

왜 그럴 때 있잖아요.

이해한다는 상대의 말이 거만하게 들리고,
다 잘 될 거라는 말이 한숨 쉬게 만드는

차라리 혼자 있고 싶은데,
혼자면 견딜 수가 없고

누군가 있었으면 싶은데,
그럼 없는 것만 못하다 느끼는

왜 그럴 때 있잖아요.

젊어서는 내 나이 든 모습이 그려지지 않고,
늙어서는 내 젊었던 모습이 지워지지 않는다.

내가 지금 기분이라면

그때

그런 반응 보이지 않았을 텐데.

내가 그때 기분이라면

지금

이런 반응 보이지 않았을 텐데.

오늘 아침.
생전 처음 마주친 남자분에게
'오늘 하루도 파이팅하십시오.'라는
응원의 말을 듣게 되었다.

응원의 힘이란,
상대가 누군지 모른다 해도
솟아날 수 있고,

감사한 마음이란
상대가 누군지 모른다 해도
생길 수 있었다.

나도 모르는 누군가에게
오늘 하루도 파이팅하십시오!

보통의 하루

오늘 나에게
누군가는 별것 아닌 일에 짜증을 냈고,
누군가는 이유도 없이 화를 냈으며,
또 누군가는 눈치 없이 혼자서만
기뻐하는 모습을 보이기도 했을 것이다.

많은 감정이 삼삼오오 모였다가
저 멀리 흩어졌을 것이다

때로는 그런 감정들에 지쳐
사람이 밉게 느껴질 때도 있다.
왜 자기감정 하나 제대로 다스리지 못하냐며.

실은 나 역시 누군가에겐 그런 사람이고,
지금 내 감정도 잘 다스리지 못하고 있으면서….

보통의 하루

답답하면 눈을 감지 말고,
먼 곳을 본다.

답답하면 눈을 감지 말고,
하늘을 본다.

이미 지나가 버린 것을 붙잡고 있느라
지나치고 있는 것마저 놓칠 때가 있다.

때론 결단을 내려 포기할 수 있어야
더 많은 것을 지킬 수 있다.

5부

태엽처럼 처음으로 그때처럼 초심으로

보통의 하루

길가의 사소한 장면들마저
눈 가득
가슴 깊이 채워지도록.

사람은
계속해서 돌려야 한다.

태엽처럼 처음으로.
그때처럼 초심으로.

사랑이야말로 영혼을 숨 쉬게 한다.

그렇기에 실패했더라도 우리는

다시

사랑을 찾아 떠나야 한다.

마음은
알 길이 없다.
내가 이해한 것처럼 착각하고,
상대가 이해해줄 수 있을 거라 착각을 한다.
나아가 그런 오해와 기대로
사람에게 상처를 받고,
상처를 주며 서로에게 아픔이 된다.

가족도 친구도 이성도
사실 그 누구도 알지 못한다.
그렇게 사람은 끊임없이 아파하고,
공허 속에 산다.

그런데도
사람은
사람에게 위로를 받고,
사람에게 용기를 얻는다.

말로 표현할 수 없는 그 무엇이
우리를 포기할 수 없게 만든다.

말로 표현할 수 없는 그 무언가.

상처.
받아본 사람이라면,
다른 사람의 아픔을 느낄 줄 알고.

상처.
주었던 사람이라면,
이기적인 사람의 마음을 볼 줄 안다.

상처.
겪어본 사람이
상처 받은 사람을 어루만질 수 있다.

보통의 하루

추억.
내가 그때를 떠올리면서 너도 그때를 떠올릴 거라
생각하는 것.

추억.
그때는 알 수 없었던 감정이 이제 와 선명해지는 것.

추억.
그립고 그립지만, 다시 돌아가지 않아도 괜찮은
그저 마음속에 남아있는 것만으로 만족하는 그런 것.

시간이 많이 흐른 지금
문득 그때가 떠오를 때

이젠
그때의 우리가 그립고,
그때의 우리가 고맙다.

보통의 하루

별들이 말한다.
영원한 것은 없다고.

하지만
영원을 꿈꿀 자유는
누구에게나 있다고.

사람은
한 권의 책이다.

삶 그 자체로
이미 책인 것.

책을 덮는 순간까지
그 끝을 알 수 없듯.

사람도 죽음의 순간까지
그 끝을 알 수 없다.

보통의 하루

인생에서 중요한 것은
상처 받지 않는 데에 있는 것이 아니라,
상처를 받음에도 다시 일어서는 데에 있다.

다시
시작하자.

이별 후에 자신을 더 아끼고 사랑해야 하는데,
왜 더 괴롭히고 미워하게 되는 걸까?

이별한 사람에게…

사랑을 한 사람에게 규정하지 않기를.
죽을 때까지 만나고 헤어지는 모든 것에서
사랑을 마주하길.

결과만으로 지난 모든 시간을 부정하지 않기를.
그때의 나, 그때의 내 감정만큼은 소중하게 지켜주기를.

나에게 문제가 있다고 생각하거나 나는 안된다고
생각하지 않기를.
우리가 인연이 아니었을 뿐.
있는 그대로의 우리를 존중해주기를.

끝이라는 게 어떤 것인지 모르겠지만,
헤어졌다고 해서 사랑이 아니었다고 치부하지 않기를.

때로는 이별도 사랑이고,
사랑도 이별이다.

보통의 하루

매일
내 마음을 확인하고 싶어하는
그대처럼,

나도
매일
내 마음을 알고 싶다.

사랑한다는 것은 좋은 것만을 바라지 않으며,
나보다 상대방을 더 생각할 때 그 얼굴을 보인다.

사랑한다면,
소중하다면,
사랑과 같은 무게로
용서를 함께 두어야 한다.

사랑은 빠지는 것보다
지키는 것이 더 어렵고,
중요하기 때문이다.

보통의 하루

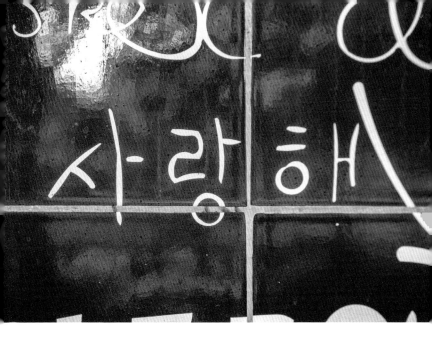

가슴속에 웅크리고 있는 그 감정.

어디 둘 곳이 없어

손으로 적어본다.

사랑해.

너 때문에 산다는 말은 못 해도,
너 없이는 못 살 것 같다.

사랑은
다가올 어떤 운명도 이겨낼 수 있다는
용기를 주었고,

이별은
다가올 어떤 인연도 극복할 수 없다는
절망을 주었다.

누군가에게 미소를 보이기만 해도
베푸는 사람이 될 수 있다는 것을 알았다.

귀를 기울여 들어주기만 해도
지친 누군가의 마음에 힘이 될 수 있다는 것을 알았다.

대책 없는 긍정으로 믿어주기만 해도
한 사람을 빛나게 만들 수 있다는 것을 알았다.

그리고
아는 것만으로는 아무런 소용이 없다는 것을 알았다.

보통의 하루

사랑한다는 것은
상대의 어둠까지 사랑한다는 말이다.

사랑한다는 것은
변함없음을 넘어 영원하다는 말이다.

그 어떤 장애물로 방해받고
주저앉게 된다 해도

전처럼 변함없이
널 사랑하겠다는 것이

사랑한다는 것이다.

가깝고도 먼 거리.
내 마음이 네 마음에 닿을 거리.

짝사랑.

보통의 하루

명언이란 누구나 할 수 있는 말이지만,
그 말이 명언이 될 수 있는 조건은
행동으로 일치하는 삶을 살았느냐로 평가된다.

손을 잡는 일보다
중요한 것은

잡은 손을
놓지 않는 것.

보통의 하루

얼굴이 변하고
마음이 변하고
사람이 변하고
세상이 변해도

추억은 변하지 않는다.
그때 느꼈던 느낌 그대로
내가 변하고 변해도
언제나 변함없이 그대로.

사랑하는 사람에게 내가 원하는
모습을 강요해선 안 된다.
내가 그의 아름다움을 볼 수 있는 눈을 가져야지.

보통의 하루

사랑받는 것을 삶의 목적으로 두지 말고,
사랑하는 것을 삶의 목적으로 여기세요.
먼저 주는 사랑이 진짜 사랑입니다.

보통의 하루

사랑 받는다는 것이 얼마나 힘이 되는지
당신을 통해 알게 되었다.
또 사랑한다는 것이 얼마나 기쁜 일인지
당신을 통해 알게 되었다.

그리고
사랑하니까 헤어져야 한다는
말도 안 되는 사랑도 배운다.
그 슬픈 사랑도 감내할 수 있어야 한다는 것을
당신에게서 배우게 되었다.

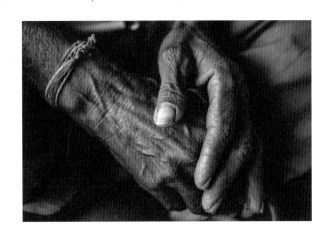

영원할 것 같은 사랑을 꿈꾸며
사랑하지 말아요.

살아있음을 여실히 느껴가며
있을 때 '더 잘해줄 걸…'이라는 생각이 들지 않게
지금
있는 힘껏 사랑해요.

사랑에 있어,
가장 중요한 순간은

늘 지금입니다.

보통의 하루

괜찮아요.
가슴이 아프다는 건
노력했다는 거니까.
그거면 돼요.
그거면 됐어요.
정말 수고했어요.

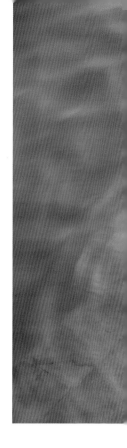

이루어진 것은
아무것도 없다.

이루어 놓은 것 또한
아무것도 없다.

돌이킬 수 없는
삶의 끝자락에 서서야
가늠할 수 있는 일.

보통의 하루

보통의 하루

사람은 이기적이다.
그래서
사랑도 이기적일 때가 있다.

한 사람에겐 달콤하겠지만,
다른 누군가에겐 가슴이 아픈.

그해 여름.
뜨겁게도 내리쬐는 햇볕 아래
그보다도 눈부신 네가 있었다.
물장구를 치는지 허우적대는지 모를 만큼
엉성한 너의 몸짓마저 눈이 부셨다.

그런 너를 뒤로하고 집에 들어서서야 알았다.
눈에 빛이 들어온 줄 알았는데,
네가 들어온 거였더라.
그해 여름에, 네가.

보통의 하루

보통의 하루

초판 1쇄 발행일   2020년 5월 20일

지은이   강병무
펴낸이   곽혜란
편집장   김명희

도서출판 문학바탕

주소   (06151) 서울시 강남구 테헤란로 323 휘닉스빌딩 1008호
전화   02)545-6792
팩스   02)420-6795

출판등록   2004년 6월 1일 제 2-3991호

ISBN   979-11-86418-50-5   03810

정가   15,400원

이 도서의 국립중앙도서관 출판예정도서목록(CIP)은 서지정보유통지원시스템
홈페이지(http://seoji.nl.go.kr)와 국가자료종합목록 구축시스템(http://kolis-net.
nl.go.kr)에서 이용하실 수 있습니다. (CIP제어번호 : CIP2020019577)